トゥーク・オイスの青いカサ

tuke oisu no aoi kasa

Maruyama Rikako

丸山理佳子

文芸社

This book is dedicated to all my friends, who are and were always beside me, all the teachers, who taught me everything I know now, to my family who makes me laugh and who gave me birth, and to people who have made"me"that exists now.

トゥーク・オイスの青いカサ——目次

飛べないペンギン

トゥルコのペンギン達は、朝一の虹のオーラで目を覚まします——。

「トゥーク、おい、トゥーク！　起きろって！」

ペンギンのトゥーク・オイスは、親友のアズ・ウールに起こされた。トゥークは、まだ眠たそうだ。

「起きろよ！　ドーマン先生、怒ると怖いんだぞ！」

ドーマン先生とは、ペンギン達に飛び方を教える先生である。トゥークは、後ろを向き、言った。

「ヤダ」

「ハア?」

アズが眉《まゆ》を八の字にして言う。

「だって僕、トゥルコで飛べないペンギンって、僕だけじゃないか。また、ドーマン先生に怒られるに決まってるよ」

トゥークは悲しそうにつぶやいた。アズは、ため息をつき、

「毎日練習すればできるようになるさ」

と言う。毎日、毎朝、今まで何回言ってきたのだろうか。

トゥークはやっと、ベッドから出て、制服である赤いリボンを首につけた。氷水で顔を洗った後、海の浅い所に入り、そこにいた魚を食べ、また家の中にもどった。青い帽子をかぶり、「飛べるようになろう」と書いてある教科書を持つと、家を出た。トゥークはドーマン先生の授業を受けるたびに、こう思う。

（こんな教科書読んだって、ちっとも飛べるようになれないじゃないか。題名のうそつきめ）

「なぁ、アズ」

トゥークが飛んでいるペンギンを見ながら言った。

「ん？」

アズがトゥークに目をやる。

「あのペンギン達、僕の前で飛んで、イヤミだと思わない？」

「……お前、最近考え方がくらいぞ……」

その朝、トゥークはずっとムスッとしていた。

ドーマン先生の授業

「オイス君、ウール君。君達はまた遅刻かね」

ドーマン先生が、二人をギロッと大きい目でにらみつける。背中には、他の生徒たちの冷たい視線を感じる。

「すいません――」

トゥークとアズが、声をそろえて言った。ドーマン先生は、しばらくすると、

「授業を始めます。教科書を持って、私についてきなさい」

と、低い声で生徒に言い、外に出た。ペンギン達は、ゾロゾロとついてゆく。

「では、これから、君達に立派なペンギンになってもらうため、飛び方のテストを

します。一人ずつ、あそこの氷まで飛んで下さい。では、まずルア君から……」

ドーマン先生が、話を続ける。アズが、トゥークのとなりに来て言った。

「言っただろ？　怒ると怖いって。さっきからずっとこっち見てるじゃんかよ」

「うん。ごめん、アズ」

トゥークがもうしわけなさそうに答える。ドーマン先生が、大きい声でトゥークを呼んだ。トゥークが飛ぶ番だ。

（神様、いるならお願いします。どうか、飛べますように――）

トゥークは飛んだ。いや、正確に言うと、トゥークは跳んだ。ジャンプして、氷に顔面からぶつかってしまった。

（またですか）

ドーマン先生が、トゥークに同情するような視線を向けた。ドーマン先生がせきばらいをする。

「たびたび言いますが、努力はしたので……」

ドーマン先生が「態度」の欄《らん》に「4」を書こうとする。

「先生、僕、あの、いいんです。悪い点でも、自分のせいだから」

ドーマン先生はしばらくの間、頭をなやませると、「態度」の欄《らん》に「3」を書き入れた。だが、もちろん、点数は0点だった。

「や〜い、バカトゥーク。また0点だ〜」

ダン・ルアが、舌を突き出してトゥークをバカにする。トゥークはテストをにぎりしめ、くやしそうにダンに言った。

「そういう君は、何点なのさ」

ダンがテストを取り出した。ピラピラと、トゥークの前でみせびらかす。

「ひゃ……１００点……」

トゥークが口を開ける。大きいＯ《オー》の形だ。

「まあ、こんな点数、俺には当たり前の事。０点トゥークには無理だけどね」

ダンがトゥークを見下す。トゥークは、テストをクシャクシャにして、教科書を取り、自分の家に向かった。

「おい、待てよトゥーク！」

アズがダンをにらみ、急いでトゥークを追いかけた。

「くやしい」


「くそーっ！」

トゥークが、教科書を地面にたたきつけた。アズが、トゥークをなぐさめようと、肩に手をかけようとしたが、トゥークはそれをはらいのけた。

「さわるな！」

トゥークが叫んだ。目には涙があふれている。

「トゥーク……」

アズが、トゥークにはらいのけられた手をにぎりしめながら言う。

「お前なんかに分かるか！　ちゃんと飛べるからバカにもされない、先生にもにらまれない！　僕だって努力はしているんだよ！」

「トゥーク……」

トゥークが自分のテストの点数が書いてあるクシャクシャになった紙をひろげた。

さっきダンが言った言葉を思い出しながら——。

（0点トゥークには無理だけどね）

トゥークは答案用紙をビリビリに破き、宙に投げた。彼の周りでは、破かれた紙がトゥークを包む雪のようにさみしく舞っている。

「…どうせ100点なんか無理だよ、僕には。0点しかとった事ない。飛べない。最悪だよ——」

トゥークは投げつけた教科書を拾いながら言った。しばらくしてトゥークはアズの方を向いた。

「さっき――、ごめんね。ちょっと自分がおさえられなくなったんだ。手、大丈夫?」

「俺は大丈夫だよ」

アズが答えた。

「本当……バカだね、僕……ハハッ」

トゥークが悲しい笑みを見せた。涙だろうか。トゥークの目から何かが流れる。

「トゥーク……」

アズには、今トゥークのそばにいる事しかできなかった。

ただ静かに降り始めた雪が、二人を悲しく包んでいた。

最悪の一日

「おはよう」

トゥークはやっとアズに追いついた。

「昨日、あれだけ言われてよく来たよな、トゥーク」

「こなきゃ弱虫って、言われるだろ」

アズとトゥークが教室に入り、歴史の授業の用意を始める。

「くやしくない……のか？」

アズがトゥークの方を見て聞いた。

「くやしいよ。当たり前だろ」

トゥークはアズをにらんだ。トゥークがこんな目をするなんて。

ジリリリリリリリ
ベルが大きい音でなった。アズとトゥークはあせりながら教科書をバッグに押し込んだ。

「早く行こう。また遅刻する」

「うん」


「一時間目を終わります。宿題を忘れないように」

ペンギンの歴史を教えるケドナ先生はそう言った後、教室を出た。ダンが、ケドナ先生が出た後すぐにドアを閉め、トゥークの机の前に来た。

「オー、0点トゥークさん、今日もまた立派な0点を見せてくれるよね～?」

トゥークはダンを無視する。ダンは黙っているトゥークにムカついたのだろう。

「俺、アズがこんなの書いてるの見つけたんだ～」

ダンがアズの机から紙切れを取り出した。『トゥークは0点の王様』と書いてある。

トゥークとアズは、その紙切れを見て顔色を変えた。

「俺じゃない！　俺はこんなの書いてない！」

アズが叫ぶ。でも、トゥークの耳にはアズの言葉は届いていない。

「トゥーク！　トゥークってば！　おい！」

アズがトゥークの名前を何度も叫ぶ。トゥークはアズの方を向こうともしない。

「トゥーク……」

最悪の一日は、まだ始まったばかりだった。

疑い

大きい◯《マル》。トゥークは、飛ぶテストでまた昨日と同じ点をとってしまった。0点。

「まあ～、大きい◯《マル》ですこと～！　ハーハッハッ！」

ダンがトゥークの後ろで、わざと大きい声で言う。いつもトゥークのとなりにいるはずのアズはダンの後ろの方で、トゥークを悲しそうに見ている。

「お～っと、もしかしてここの中に神様が脳みそを入れるの忘れたのかな～？」

ダンが、トゥークの頭をコンコンとたたく。

「あれ～？　おかしいな～。入ってないぞ～？　ハッハッハーッ！」

「……っ」

トゥークが歯をくいしばる。両手にはグーをつくりながら。

「本当、トゥークってバカだよな。バカ、バカ、バーーーーカ！」

ダンがしつこく何度もくり返す。

「おい、やめろよ、ダン」

アズが、ダンをにらむ。ダンは一瞬「バカ」と言わなくなったが、また言い始めた。

「やめろってば――」

「いいよ」

トゥークがつぶやいた。彼はアズの方を向くと、

「お前も――ダンも、考えてる事は、一緒なんだから――」

と言い、悲しく笑った。

「違う……」

アズが下を向いた。

今、トゥークにどう言えば分かってもらえるのか、分からない。

「僕、今日はもう帰るよ。明日ね」

トゥークは、アズにそう言った後、カバンと教科書を持って、クラスを出た。

「おーい、バカトゥーク！　明日、学校があるって事、忘れるなよー！　バーーーーカ！」

ダンの声が、ろうかにひびきわたった。

「トゥーク……待てよ！　っ……おい！　トゥーク」

何度呼んでも、トゥークはずっと下を向いたまま歩いて、アズの方を見なかった。

その日は、とても寒い日だった。

「本当にごめん」

昨日降った雪で凍りついている帰り道は、夕日が映った海のようにキラキラしている。ただの道なのに、トゥークの目に映る道は本当に悲しそうだ。

トゥークとアズは、その道を歩いていた。さっきから一言もしゃべっていない。ただでさえ長い道なのに、よけい長く感じる。気まずい――。

しばらくすると、トゥークはトル湖に向かい歩き始めた。トル湖は、トゥルコのちょうど真ん中にある湖だ。冬になると（一年中冬みたいな所だが）たくさんのペンギン達が遊びにくる。だが、その日は、たまたま誰もいなかった。

「座ろうよ」

そう言うと、トゥークは雪の上に腰をかけた。アズも、トゥークのとなりに座った。二人の姿が凍った水の上に映っている。トゥークがカバンの中からクシャクシャになった紙切れを取り出した。トゥークはそれをゆっくりとひろげる。

「これ──書いたの、アズじゃないんだよね」

『トゥークは0点の王様』と書いてある紙を見ながらトゥークが聞く。

「うん……」

アズが答える。それを聞くと、トゥークは紙をしばらく見て、遠くの方へ投げた。

「最初から分かってたんだけどね、アズじゃないって。アズはそんな事しないって、分かってたんだ。でも、でも──ちょっと、さ──」

トゥークはひざをかかえこんだ。なぜだか分からないけど、顔をかくそうとしている。泣いているのだろうか。アズも悲しくなってくる。

「ほら僕ね、飛べないでしょ？」

トゥークが顔をうずめたまま言った。アズは黙ったまま聞いている。

「ダンでしょ、母さんもうるさいし、僕のことかわいそうという目で見るドーマン先生もいやなんだ」

トゥークは深く息を吸った。

「……アズは僕の友達で、僕の本当の友達で、からかったりしない。知ってるよ。でもね、ちょっとだけ怖くなって、裏切られるのが怖くなってきた。だから、さっきアズを信じること、できなかった」

泣きそうになるのをがまんして、アズはトゥークに言った。

「ごめんな」

「え？」

急にアズの口から出てきた言葉にトゥークがびっくりしてふりむいた。やはり泣いていた。アズは続ける。

「俺さ、さっきもなんかいろいろ言われてた時、やめさせる事できなかっただろ。側にいるのに、何もできなくって――本当にごめん」

トゥークが涙をふいた。

「ううん。アズは謝る必要ないよ。こっちこそ、疑ったりしてごめんね」

そう言うと、二人は立ち上がり、トゥークの家に向かった。

とても温かいココア

「おじゃましまーす」

「別にいいよ。母さん、今いないから」

アズが、トゥークの家に遊びに来た。いつも通り、トゥークのお母さんはいない。妹のルキをむかえに、トゥルコのとなりの町カルナの、一番外れにある学校にむかえに行っているからだ。明日までは帰ってこない。

トゥークはキッチンに行き、コップを二つ出した。それと、ココアのもとも。

「ココア飲む?」

いつもの優しい目でトゥークがアズに聞く。

「うん。氷四つ入れてね」

アズが答えた。トゥークは家の氷をけずり、水を出してからココアのもとをとなりに置いた。「キアおじさんのかきくけココア」と、ふくろに書いてある。トゥークが、説明書を読んだ。

「1、氷水を用意する。それはやったでしょ。2、ココアのもとを入れる。3、五分冷やして完成！　よし、じゃあ、冷やそうかな」

トゥークが氷の入ったボウルに二つのコップを入れ、冷やし始めた。そして、アズが座っているソファーに向かい、となりに座った。

「すぐ飲めるから、テレビでも見て待ってよう」

五分は五秒のように、あっという間に過ぎた。トゥークは急いでキッチンに向かい、ココアの入ったコップを冷たい氷水から出した。ペンギンにとっては、ちょうどいい冷たさだ。次にトゥークは、「カ」、「キ」、「ク」と「ケ」の形をしたマシュマロをココアに入れた。小さいマシュマロが、ココアの中でフワーッと大きくなっていく。とてもいいにおいだ。アズが、キッチンに走ってきた。目がキラキラしている。

「できた？」

「うん。どうぞ」

トゥークがアズにココアをわたし、イスに座った。

「乾杯～！」

大人みたいに「乾杯」をした後、二人はココアを飲み始めた。

二つのコップの「チーン」という音が部屋にひびいている。

ひんやり冷えたココアをごくりと飲んだ。口の中が冷たい。胸の奥から温かい気持ちがこみあげてくる。0点ばかりとっても、バカにされても、僕にはすごく大事な友達がいるんだ。

「ココアおいしいね」

トゥークがアズにほほえみかけた。

「うん」

冷たいココアが、とてもとても温かく感じられた。

僕には大切な友達がいるから――。

アルキナ様の青いカサ

手にいつものように0点のテストを持ち、さみしそうに学校から帰ってくる途中、トゥークの目には、いつものようにたくさんの涙があふれそうになっていた。今日は、トゥークのお母さんがカルナから帰ってくる日だ。ルキにも久しぶりに会う。テストの点数を見られたら、どうなる事か。トゥークは、長いため息をついた。

(寄り道しよう)

そう思うとトゥークはまたため息をつき、トル湖に向かった。今日も、昨日みたいに、誰もいなかった。だが、いつもはない青いカサがポツンと置いてある。よく見ると、何年も前に死んでしまったアルキナ様という、「幻の鳥」と呼ばれる鳥の羽の色にそっくりだ。アルキナ様の羽も、小さいが確かについている。

アルキナ様は、トゥルコで飛ぶのが一番うまいと言われた鳥だ。ペンギン達も、そのアルキナ様に飛び方を教わった。もしかしたら――もしかしたらだが、そのアルキナ様の羽だけでも持てば飛べるかもしれない。そう思うとトゥークはそのカサに手を伸ばした。だが、そんな事起こるワケがないし、そのカサの持ち主が後からカサをとりに来るかもしれない。その時は、カサの持ち主がかわいそうだ。

トゥークはしばらく考え、カサのとなりに座った。そして、そのカサに話しかけた。

「僕、飛べないんだ。君は？　飛べるの？」

トゥークがカサの方を見る。もちろんカサは何も言わない。

「君、アルキナ様の羽がついてるんだね。一枚、もらっていい？」

風が吹き、カサが左を向いた。また風が吹き、右に向いた。まるで頭を横にふって「ダメ」と言っているように。しばらく間があった。トゥークは、またカサの方を見る。そして、湖の方を向き、ため息をついた。

「ごめんね。そういえば君、しゃべれないんだよね。じゃあ、僕、帰りたくないけど、帰るから。じゃあね」

トゥークが立ち、最後にカサの方を見る。

「また――会えたらいいね」

ルキとお母さんに0点の事を何と言われるか想像しながらトボトボ歩く。空は、トゥークの心とは正反対の雲一つない青空だった。

「僕、飛べるよっ！」

とうとう着いてしまった、家。今のトゥークにとっては、最悪の場所。地獄よりも。

「あー、どうしようどうしようどうしようどうしようどうしよう！」

「どうしよう」と言うたびに、トゥークの声が大きくなる。トゥークは頭をかかえ、また「どうしよう」と言い始める。

「どうしようどうしようどうしようどうしようどうしよう！」

トゥークは家の前まで来て、目を丸くした。

そこには、さっきの青いカサがあるではないか。今度は「どうしよう」ではなく、

「どうして」という言葉がトゥークの頭の中でグルグル回る。

どうして自分は0点をとったのだろう。どうしてルキとお母さんが今、家の中にいるのだろう。どうして自分はダンにいじめられるのだろう。どうしてさっきの青いカサが今ここにあるのだろう。

しょうがなく、トゥークは、その青いカサを家に置いておく事にした。ドアを開けて、すぐ目に入ったのは、トゥークの帰りを待ちわびていた彼のお母さんとルキ。

「どうしたの、トゥーク？　遅かったじゃない」

「ちょ……ちょっとね……」

トゥークは、なるべくお母さんと目を合わさないようにしてしゃべる。

「今日と昨日、テストがあったでしょ？　昨日のは、なかったらいいから、今日のテストを見せてちょうだい」

トゥークは答案用紙をバッグから取り出し、おそるおそるお母さんにわたした。

お母さんが、点数を見て目の色を変える。

「わ〜、お兄ちゃん、0点だ〜」

ルキが、生意気そうに言う。トゥークのお母さんが、ルキをにらみ、トゥークの方を向く。

「トゥーク！　何なの、この点数は！　大きい○《マル》じゃない、○《マル》！」

「私なんか、70点さえとった事ないのに〜」

「うるさいぞ、ルキ」

トゥークがそう言うと、ルキは一瞬にしてだまった。

「説明しなさい！」

お母さんが怒鳴る。

郵便はがき

恐縮ですが
切手を貼っ
てお出しく
ださい

1 6 0 - 0 0 2 2

東京都新宿区
新宿 1－10－1

(株) 文芸社

ご愛読者カード係行

書　名				
お買上 書店名	都道 府県　　市区 郡　　書店			
ふりがな お名前			大正 昭和 平成　年生　歳	
ふりがな ご住所	□□□-□□□□		性別 男・女	
お電話 番　号	(書籍ご注文の際に必要です)	ご職業		

お買い求めの動機
1. 書店店頭で見て　2. 小社の目録を見て　3. 人にすすめられて
4. 新聞広告、雑誌記事、書評を見て(新聞、雑誌名　　)

上の質問に 1. と答えられた方の直接的な動機
1. タイトル　2. 著者　3. 目次　4. カバーデザイン　5. 帯　6. その他(　　)

ご購読新聞　　新聞	ご購読雑誌

文芸社の本をお買い求めいただき誠にありがとうございます。
この愛読者カードは今後の小社出版の企画およびイベント等の資料として役立たせていただきます。

本書についてのご意見、ご感想をお聞かせください。
① 内容について

② カバー、タイトルについて

今後、とりあげてほしいテーマを掲げてください。

最近読んでおもしろかった本と、その理由をお聞かせください。

ご自分の研究成果やお考えを出版してみたいというお気持ちはありますか。
ある　　ない　　内容・テーマ（　　　　　　　　　　）

「ある」場合、小社から出版のご案内を希望されますか。
する　　しない

ご協力ありがとうございました。

〈ブックサービスのご案内〉
小社書籍の直接販売を料金着払いの宅急便サービスにて承っております。ご購入希望がございましたら下の欄に書名と冊数をお書きの上ご返送ください。　（送料１回210円）

ご注文書名	冊数	ご注文書名	冊数
	冊		冊
	冊		冊

「あ、でも、母さん、100点はすごいけど、0点も同じくらいすごいんだよ。めったにとれないよ」

トゥークが必死に言い訳をする。

「お兄ちゃんにとっては、めずらしくないよね」

ルキが口をはさんだ。お母さんはルキをキッとにらむと、トゥークに目を戻した。

「何、ふざけたこと言ってるの！」

お母さんの声が、耳にビンビンひびく。

「でも違うんだ！　だって、僕、ちゃんと飛べるんだよっ！」

……どうしよう。

初めて飛んだ日

「僕、飛べるよっ！」

何という事を言ってしまったのだろう。今まで一度も飛んだ事のない僕が、今、ここでいきなり飛べるワケがない。なのに「飛べる」なんて……。

「じゃあ、何なの、この点数は？」

「ママ～、私飛べるよ～」

さっきからルキがうるさい。

「だから、これは先生の間違いだって！」

さっきから自分をごまかすためにうそをついているのが嫌になる。「間違い」なんかじゃないに決まっているのに。

「じゃあ、今ここで飛んでみなさい」

「え〜、だってお兄ちゃん飛べないんでしょ〜」

ルキはいつからこんなに生意気になったのだろう。

「飛ぶよ。飛べばいいんでしょ」

トゥークがあせりながら言う。またうそをついてしまった。もう、飛ぶしかない。


外に出て、トゥークは青いカサを持って、トル湖に向かう。

もしかしたら、もしかしたらだけど、飛べるかもしれない。このカサを持てば。

望みはうすいけど、そう信じよう。

そう信じたい。

後ろには、お母さんとルキがついてくる。だが、トゥークが飛べるなんて、まるで信用していない。

なるべく遅く歩いていたのに、気づいたら目の前はトル湖。凍りついている湖が、辺り一面に広がる。

「じゃあ、あそこの木の上まで飛んで来なさい。私とルキは、先に行って待ってるから」

お母さんはルキと手をつなぎ、トル湖の真ん中にある島の一番高い木の根元まで飛んでゆく。

トゥークはカサを開き、湖に一番近い所まで歩いた。

「バカ」「0点の王様」「また0点とってる」「大きい〇《マル》」

今までトゥークに言われてきた言葉が、トゥークをまた悲しみの底に落とそうとしている。トゥークは頭をブンブンふる。

（いけない。また昔の自分になるところだった）

霧《きり》が深くなっている。目的の木が、かすんで見えなくなりそうになる。

トゥークは木をじっとにらむ。

「飛んでやるさ」

新しい自分の誕生

トゥークはカサをグッとにぎり、頭の中で「1、2の3！」と自分に言い、カサを開くと、できるだけ高く跳んだ。カサについているアルキナ様の羽が風でパタパタゆれる。

（飛んでいるのかな。本当に僕、飛んでいるのかな）

トゥークは片目をゆっくり、もう片方の目もゆっくりと開け、おそるおそる下を見た。さっき自分がいた所とは、まるで別世界のようだ。トゥークは周りを見回す。

雪の世界が、ずーっと続いている。

東の方に、ドーマン先生の教室、西の方には自分の家。すぐ下にはトゥークのお母さんとルキがトゥークの飛ぶ姿をぼーっとして見ている。

トゥークの頭が嬉しさで爆発しそうになる。

飛んだ。初めて飛んだ。

「やっほーーーーっ！」

トゥークが叫んだ。こんなに嬉しかったのは初めてだ。今、新しい自分が誕生した。トゥークも「立派なペンギン」の仲間入りだ。

霧も消えてきて、トゥークは島の木の上にフワリと降りた。カサを閉じて、自分の周りを見る。見た事もない景色。いや、見る事のできなかった景色。飛べなかったから。木はカサよりも小さく見える。雲は今にもつかめそうなぐらい近い。トゥークが下にいるお母さんに向かって叫ぶ。

「どうだ、母さん！　僕、ちゃんと飛べたでしょー！」

ルキが拍手をする。お母さんがルキの頭をなでてトゥークに向かって笑う。

「やればできるじゃないの、トゥーク」

「お兄ちゃん、かっこい〜!」

お母さんも、ルキと一緒に拍手を始めた。

トゥークが顔を紅色にする。そして恥ずかしそうに笑い、

「へへっ。まあね」

と言った。トゥークはまたカサを開き、木の上からゆっくりと下へ飛んだ。パラシュートみたいだ。もう夕方だ。トゥルコ中が、赤く染まる。湖に、真っ赤な太陽が映る。トゥークはすべるように地面に降りるとカサを閉じた。

「よくできました」

お母さんがトゥークの頭をなでる。

「できました」

ルキがお母さんの真似をする。なぜか、生意気に聞こえなかった。

勝利記念日

「僕、今日のテスト楽しみなんだー」

「はあ？」

アズが、（トゥーク、お前どうしたんだ）というような目でトゥークを見た。

「ああ、例のアルキナ様の事か？」

「そうだよ」

アズはトゥークがアルキナ様の青いカサのことを初めて話した友達だ。だがアズは、いまだにその話を信じる事ができない。アズが、自分のカバンをふり回す。

「でもさー、アルキナ様の羽がついてるんだろ？　もし持ち主がいるとしたら、お前めちゃくちゃ恨まれるぞ」

「大丈夫だよ。だってこのカサ、〝僕〟のだもん」

「僕の？」

アズがカバンをふり回しながらトゥークの方を見る。トゥークがニコッとする。

「エヘヘ～。だってこのカサ、僕についてきたんだよ」

トゥークがカサをアズに見せる。

（〝ついてきた〟？　何、言ってんだ、トゥーク？）

「まあ、別にいいけどさ」

アズはカバンをふり回すのをやめた。


テスト。いよいよダンにテストの点数をバカにされない時がきた。トゥークは六番目に飛ぶ。前にはアズ、後ろにはダンが並んでいる。

「おやおやトゥークさん。今日もいつものように0点を見せてくれるのかな？」

ダン。いつもの事だ。

トゥークが後ろを向き、ほほえんだ。

「今日はいつもと違うんだ、ダン」

「トゥーク・オイス君」

トゥークは急いでカサを持ち、先生の前まで行く。向こうでアズがこちらを見ながら待っている。

「ちょっと待って下さい！」

ダンがあわてて言った。

「そんな！　オイス君だけ物を持って飛んでいいなんて、ずるくないですか？」

冷静さを取り戻し、ダンが言った。

(ダン、そこまでして、僕に良い点をとらせたくないの？　これがチャンスなのに。100点をとる)

ドーマン先生が、ため息をつく。

「ルア君、下がって。オイス君、気にしないで、さぁ」

トゥークはこくりとうなずくと、カサをぐっとつかみ、ありったけの力で跳んだ。

(今だ！)

自分に合図をして、カサを開く。風が吹き、トゥークは目的地に着いた。

ドーマン先生が雪の上にペンを落とした。クラスの皆が行列から出て、トゥークに注目する。

今日はトゥークが0点に勝った、勝利記念日。

初めての100点

トゥークの飛ぶ姿を見て集中できなかったのか、ダンはその日初めて30点をとった。トゥークは自分の思った通り、初めて100点をとった。クラス中が、いや、まるで世界中のペンギンたちがトゥークに注目しているようだ。

「トゥークー！」

アズがバタバタと飛んでくる。

「トゥーク、お前、100点とったんだって？」

アズがハァハァしながらトゥークに聞く。

「そうだよ～」

トゥークがテストをだく。顔がニターッとしていて、気持ち悪い。

「やったな、初めての100点だぞ、トゥーク！」

アズがトゥークの背中をカバンでバンとたたく。トゥークが、とても痛そうな顔をする。そして、周りをキョロキョロ見回し、アズに聞いた。

「ダン……は？」

「あ、あいつ？　ダンならさっき帰ったよ。何かボソボソ言いながら」

「そう」

トゥークが残念そうに言う。自慢したかったんだろうな、とアズが思う。

「やっぱり飛べたのって、そのカサのおかげなんだ」

とアズが言う。トゥークがカサを見ながら笑顔で首を縦に振る。こんなトゥークの笑顔を見るのは初めてだ。

「テスト大好き～」

トゥークは家に帰り、カバンをイスに置いた。そして青色のペンを取り、青色の紙を出した。トゥルコでは、青はひじょうにめでたい色だ。今日もトゥークのお母さんとルキはいない。トゥークが手紙を書き始める。もちろん、お母さん宛に。

「母さん」

トゥークが声に出して書く。

「僕は今日、初めて１００点をとったよ。とても嬉しいです。えーっと、トゥークより」

トゥークは封筒に手紙を入れ、小さい切手をはった。

「あ、忘れてた。ＰＳ、大好きだよ」

アイツのオール5《ファイブ》

今日の朝は、アズのかわりに、ダンがトゥークの家の前で立っていた。どうしてダンがいるのだろうと、トゥークは不思議に思う。

「おは……よう」

「……」

ダンはただ黙って、トゥークの方をイヤな顔で見る。

「昨日、早く帰ったね。どうした……の？」

トゥークがダンの顔をのぞきこむ。ダンはトゥークの質問に答えようとしない。

「行くぞ」

学校に行く途中、今まで一番存在のうすかったトゥークが、クラスメートの皆にあいさつをされた。トゥークは「おはよう」と言ってくれたペンギン達皆に、笑顔で「おはよう」と言う。

「お前、昨日も、その前も100点だったろ？　いきなり変じゃないか？」

ダンがトゥークをにらみつける。トゥークはあせった。

「いや、練習、したんだよ。ハハ……ハ」

ごまかせただろうか。ダンがまたトゥークをにらんだ。背筋がぞっとする。

「ふーん」

そう言うとダンは、プイッとして学校に飛んで行った。裏庭には、彼の仲間がダンの事を待っている。

「くそー！　何で俺がトゥークに負けるんだよ！」

ダンが叫ぶ。

「落ち着きなさいよ、ダン！」

そこらにしょっちゅうある「悪いグループ」に入っているダンの女友達、ナルが冷静に言う。

「そうっスよ。ナルさんの言う通りっスよ」

いつもダンの言いなりになっているイエがダンに言う。ダンは少し落ち着いた。

「くそーっ、先週の水曜日からずっと100点とってんだ、アイツ。オール5《ファイブ》。おかげで俺は〝集中力〟が1、〝態度〟が2、〝構え〟が1、〝飛び方の基本〟が2、〝技術〟が1じゃねえか！」

「彼の点数はともかく、あなたの成績は自分のせいじゃない？」

ナルがミルクコーヒーを飲みながら言う。ダンが静まる。

「トゥークが飛べるようになったのって、あのカサを持ち始めてじゃないっスか?」

ダンが目を丸くした。ナルがズズッという音をたてながらミルクコーヒーを飲み終えた。

「そう言えば——ね」

ナルが立ち上がり、なくなったミルクコーヒーの入れ物をゴミ箱に捨てた。

「よい……しょっと」

イエが太くて重い体を一生懸命起こそうとする。

「で、どうするワケ?」

ナルがカバンを持ち、ダンの方を向く。

「何か考えがあるんスか。ダン」

イエが頭をかきながら言う。

「どうにかするさ。どうにか、な」

三人は教室に入っていった。

お泊まり

学校が終わった。今日は、めずらしくテストがなかった。カバンには、ケドナ先生が出した宿題のための教科書が二冊入っている。とても重い。

「今日、僕ん家《ち》で歴史の宿題、一緒にやらない？」

トゥークが重いカバンを両手でかかえながら、アズに聞く。

「俺も、今聞こうと思ってたんだ。一緒に宿題しよう」

歴史が苦手なアズは、ほっとした顔でトゥークに言った。

テーブルに「キアおじさんのかきくけココア」を置き、教科書の二二八ページを開いた。ノートに答えを書きながら、問題の六番を声に出してアズが読んだ。

「トゥルコを発見したのは、誰ですか?」

「トウル・コミエリア・キシェッドⅢ世」

トゥークがすばやく答える。アズがまた読んだ。

「また、彼は何年に、どうやってトゥルコを発見しましたか?」

「一二八四年六月二十九日、空中散歩をしてた時」

トゥークがスラスラと答えを書く。アズがトゥークをビックリした目で見る。

「歴史は得意なんだ。エヘッ」

トゥークが恥ずかしそうに頭をかく。この調子で、宿題が終わったのは夜の九時だった。

「やっぱり、さっきゲームしたのが悪かったかな」

アズが眠たそうに言う。トゥークが時計を見る。

「あ～あ。もう九時だ。遅くなったな～」

二人がなやむ。

「そうだ。今日は母さん帰って来ないし、アズ、自分の家に電話して、僕ん家に泊まりなよ！」

トゥークは嬉しそうに言った。アズもその意見に賛成だ。

二人がベッドに入ったのは十二時半だった。明日は学校が始まるのがいつもより遅いので、もっと起きていたいけど、もう眠たすぎる。トゥークが電気を消した。

「おやすみ」

アズが毛布に身をくるんだ。

「うん、おやすみ」

アルキナ様の夢

イエ、ナル、ダンがこっちを向いて笑っている。後ろには、なぜかアルキナ様が。アルキナ様がトゥークの方をじーっと悲しい目で見ている。三人は、怖い笑みをさっきからずっとうかべている。霧《きり》が深くなってゆく。

(タスケテ)

誰かの声が聞こえる。イエのでも、ナルのでも、ダンのでもない。声がまた聞こえる。

(タスケテ)

霧《きり》がまた深くなり、白だけの世界になる。雲の中みたいに。霧《きり》がうすくなったと思って、トゥークは三人の方を見た。いない。どこかに消えてしまった。トゥークは霧《きり》の世界の中で走り回った。白、どこまでも白。ここに空はあるのかと不思議に思い、トゥークは上を見た。

何か大きな物が降ってくる。確かに青く、形もどんどんはっきりとしてきた。鳥のようだ。アルキナ様?

バキッ!

生きている木の枝を折るような音をたて、アルキナ様が落ちてきた。ひどいケガだ。

「アルキナ様! アルキナ様!」

トゥークがアルキナ様の元へ走ってゆく。体のあちこちから血が出ている。一体誰がこんな事を……。

「アルキナ様……」

（タスケテ）

またあの声だ。もしかしてこの声は、アルキナ様の……？

傷だらけのアルキナ様が、ゆっくりと形を変え、トゥークが持っている青いカサになった。穴だらけだ。

「ワァァァァァァァァァ！」

トゥークの声が部屋中にひびく。アズがびっくりして起きた。

夢だ。とんだ悪夢だ。

トゥークは部屋の中を見て、青いカサを探した。良かった。ちゃんとある。傷ひとつ付いていない。

「トゥーク、どうしたんだ？　大丈夫か？」

トゥークが汗をふいた。

「うん。ちょっと……」

トゥークはその夜、ずっと眠る事ができなかった。

朝

「トゥーク、大丈夫か？」

重く、暗く、眠たそうなトゥークの顔を見ながらアズが聞く。反対にアズの顔はさっぱりしている。トゥークが元気のない声で答える。

「うん……眠たいかナ、ちょっと……」

トゥークがヨロヨロしながらカバンを取り、足の横に置く。氷水を用意して、その中に顔を入れた。六秒、十秒、三十秒……一分たっても顔が水の中から出てこないので、アズは心配し始める。

「トゥーク……？」

すると突然、ガボッという音と共に、トゥークは顔を水から出した。ゲホッ、ゲホッと、ひどくせきをしている。

「お、おい大丈夫かよ……」

アズがトゥークの背中をなでる。顔色がとても悪い。

「寝ちゃった。ハハ……」

トゥークが鼻をすすりながら言う。何というドジな奴だ。

トゥークはカバンを持ち、鏡の前に行き、首にリボンをつける。まだゲホゲホしている。こんな調子で本当に学校に行けるのだろうか。アズがため息をついた。

「グエッ！」

アズがびっくりしてトゥークの方を向く。どうやらリボンをきつくしめすぎたようだ。アズが急いでリボンをゆるめた。トゥークが息を一つ一つていねいに吸う。

「あ〜、死ぬかと思った」

トゥークが低い声で言う。そしてアズの方を向き、「ありがとう」と言った。トゥークはタオルを取り、顔をふいた。アズが心配そうにトゥークを見る。

「痛っ!」

トゥークが叫ぶ。今度は何だよ、と思いながらトゥークの方をチラッと見る。どうやら目にタオルをつっこんだらしい。

泣くのをがまんしながら、トゥークが目を両手でおさえる。ドスドスと足音をたてながら、トゥークは外に出た。

「大丈夫なのかよ……」

アズはつぶやき、トゥークを追いかけた。

現実

「痛い痛い痛い痛い痛い痛い……」

トゥークが何度も何度もしつこくくり返す。さっき、目にタオルが入ってからずっと言っている。しつこい……。アズがトゥークの方を見る。

「さっきから〝痛い〟って、うるさいんだけど……」

彼の声はトゥークの「痛い」に消された。

(無視するしかないのか)

アズはそう思うと、ため息をついた。トゥークがアズの方を見て、カサをふり回す。

「痛い〜」

カサがアズに当たりそうになる。

「バッ、危ねえだろ！」

トゥークはカサをふり回すのをやめた。

ジリリリリリリリ
ベルが鳴る。移動時間だ。トゥークが予定表を見る。ろうかは、次のクラスに行こうとしているペンギンでいっぱいで、つぶされそうになりながら、アエル先生の理科の教室についた。ただ一つ、心配なのは、そこがダンのホームルームだという事だ。トゥークが席につく。となりには、ダンがいる。
ダンがトゥークのカサを見て言う。

「へー。カサ、また持って来たんだ」

不気味なダンの笑みに、トゥークは背筋を凍らせた。トゥークが弱々しい声で答える。

「う……うん」

アエル先生が教室に入って来た。うるさかったクラスが一瞬で静まり、皆理科の教科書を机から出す。

「一六八ページを開いて下さい」

アエル先生が大きい声で言う。トゥークは先生の言う通り教科書を開いた。

ダンがトゥークの青いカサをじーっと見ている。トゥークはカサをかくした。トゥークがダンの方を向く。それに気づくと、ダンは教科書を出し、一六八ページを開いた。

トゥーク・オイスの青いカサ

「うわーっ！」

頭をかかえてトゥークが叫んだ。

今は三時間目。アズのホームルームで、キエニ先生の算数を受けている。突然立ち上がったトゥークをクラス中が注目する。中にはクスクスと笑う奴もいる。

「オイス君、座りなさい」

キエニ先生がそう言うと、トゥークは恥ずかしそうに席に着いた。

みんなはまた机に向かった。ただ一人、トゥークの後ろに座っているアズが小さい声でトゥークに話しかけてきた。

「おい」

アズの声に気づき、トゥークがふり向く。

「どうしたんだよ」

アズが厳しい目でトゥークを見る。トゥークは気まずく答える。

「カサ……置いてきちゃったんだ」

アズが顔色を変えた。

「どこに?」

「ダンの……ホームルーム」

しばらく間があった。

アズは絶対、叫びたいのをがまんしているんだな、とトゥークが思う。今叫んだら、トゥークのように皆にあの目で見られてしまう。アズが落ち着いて言う。

「多分、大丈夫だとは思う。だけど、相手がダンじゃ、何をされるか分からない。おそくなる前に、ちゃんと見つけといた方がいいと思うぞ」

「うん……」

トゥークはアルキナ様の夢を思い出した。夢の事は、まだ誰にも言っていない。アズにも、ルキにも、お母さんにも。でも、もし正夢だったら……。

トゥークが頭をふる。やめよう。悪い事を考えるのはやめよう。いい方向に行かなきゃ。でも、どうしても想像してしまう。ビリビリにされ、ボロボロになった青いカサの姿を。授業が頭に入らない。もし無事だとしても、移動時間は一分しかないし、どっちみち学校が終わってからじゃないとアエル先生の部屋に行く事はできない。だから、今どうしようと考えたってむだだ。トゥークは、頭からカサの事を消そうとした。

（今は授業に集中しよう）

そう思うと、トゥークは黒板に書いてある事を写し始めた。

それでも、あの悪夢とカサのことはモヤモヤになって、どうしてもトゥークの頭からはなれることはなかった。

ゴミ箱の中

ジリリリリリリリ

大きい音でベルが鳴る。トゥークは、クラスを一番に出た。ろうかは、まるで放課後の学校みたいだ。ペンギンが一人もいない。

（ラッキー！）

そう思うとトゥークは急ぎ足でケドナ先生の社会の授業に、トゥークのホームルームへ向かった。

トゥークが部屋に入る。ろうかは、ペンギン達でいっぱいになってきている。

よかった、とトゥークはつぶやいた。なぜかペンギン達が皆、ゴミ箱の周りに集まっている。今来たばかりの生徒も興味を持ち、ペンギン達の中に入ってゆく。

「ひどいね」、「誰だろう」。皆が口々に言うのが聞こえる。

トゥークもだんだん興味を持ち、机に教科書を入れてゴミ箱の方に歩いた。中からアズが出てきた。先生はいない。病気なのだろうか。

「あっ、アズ……」

トゥークはアズに何が起きたのか聞こうとする。聞こえなかったのだろうか。

アズがトゥークにドンとぶつかり、教室から出て行った。一瞬だけ見えた顔は、見た者を恐怖の底に落とすような顔だった。怒りに満ちていた。

トゥークはペンギンの中に入る。ペンギン達がクスクスと笑い始める。トゥークは不思議に思い、ゴミ箱の中をのぞいた。

中にあったのは、夢に出てきたのと同じ姿の青いカサ。夢と同じようにビリビリに破かれ、ビショビショにぬれている。そして何よりもショックだったのは、赤いペンで「死ね、ひきょう者」と書いてあった事だ。

イエがバナナの皮をゴミ箱に捨てた。トゥークは、ショックのあまりに声が出ない。

「あら、このカサあなたのなの？」

ナルがトゥークをバカにした目で笑う。トゥークは、涙があふれてきた目でナルをにらんだ。ナルがまた笑う。

「今日はこんないい天気なのに。ねっ、皆」

皆も、ナルにつられてゲラゲラと笑った。イエがミルクコーヒーをジャーッとカサにかける。

「これで雨が降ったから、カサは必要っスよー」

イエがゴミ箱の中からカサを拾い、トゥークの足元に投げた。

「雨が降るといいわね」

トゥークは歯をかみしめて、ひざまずき、ゆっくりとカサを拾った。とてもきたない。

「アルキナ様、アルキナ様、アルキナ様……」

トゥークが弱々しい声で何回もくり返す。クラスの皆がドッと笑う。ナルはなぜか目をそらした。

「バッカでーこいつ。アルキナ様だってよ！」

誰かがトゥークを指差しながら言った。

「違う！　アルキナ様は本当にいるんだ！」

トゥークは立ち上がり、カサを持ち、クラスから走って出た。

（鬼だ。悪魔だ。皆、死んじまえ！）

階段を下りて、転びそうになって、トゥークは学校の外へ出た。

トゥークが向かったのは自分の家でも、アズの家でもなく、自殺の名所である、ブラックヒルだった。

命無き丘

トゥークはブラックヒルに着いた。

木はかれていて、草もない。ブラックヒルは「命無き丘」と呼ばれている所だ。

だが一カ所だけ草も生えていて、木が一本あって、美しい花が咲いている場所がある。「ブルー・ポイント」だ。昔、アルキナ様が舞い降りた所だ。

トゥークがブルー・ポイントにある大きな石に座った。大きい石の前には、小さな石がちょこんと座っている。そしてその石には、小さく小さく、「ウェン・アーチここに眠る」と刻んである。ウェンとは、トゥークと同じ「飛べないペンギン」で、二年前自殺してしまった、トゥークより一つ年上の女の子の友達だ。

「久しぶりだね。ウェン」

トゥークが石に話しかける。

「見てよ、これ。ボロボロにされちゃった、ダン達に」

風がビューッと吹き、木がざわつく。トゥークは石の前にカサを置いた。風がまた吹く。さっきよりも強く。

「ウェン……、怒ってくれてるの？　僕と同じ気持ちになってくれるの？」

トゥークがひざをかかえこむ。涙がこみあげてくる。

「ねぇ、死んじゃえば、全部終わるんでしょ？　何もかもなくなって……」

トゥークのほおを涙が伝わる。

「光も、何もかも消えるんだ。ねぇ、ウェン。君は、怖かった？　死んじゃう時、怖かったの？」

トゥークは顔を上げ、歯をくいしばりながらウェンの墓石を見た。

「〝死ね〟まで書かれて、僕、本当に死のうかと……」

風がビューッと吹き、木がゆれ、落ちそうにもないまつぼっくりが一つ、トゥークの頭の上に落ちた。コン、という音をたて、トゥークの足元まで転がってくる。

まるで「だめだよ」と言っているように。

「ウェン……ありがとう。ありがとう……」

トゥークが泣き崩《くず》れる。

風がトゥークの背中を優しく押した。葉が一枚、下の湖の方に向かい飛んでゆく。

「ブルーテクス」、ウェンが溺れ死んだ湖だ。

「あそこに行くのも久しぶりだな」

トゥークがすっと立ち上がり、湖の方に向かう。二年前死んだウェン。この湖で、溺れて——わざと溺れて、自殺したトゥークの友達、ウェン。
今、湖で会えるような気がする。何となく。
ウェンに。

ウェン・アーチ

トゥークはブルーテクスに来た。

湖には葉が全部なくなってしまった淋しい木の姿がぼんやりと映る。まるで、希望――生きる希望を失《な》くしていたさっきまでのトゥークのように。彼は、死んでしまったウェンと話す事により、希望を取り戻した。そして二年前「ウェンが自殺した」と聞いてブルーテクスに来て以来、怖くて来られなかったブルーテクスの前に、今こうして自分は立っている。ぼーっとして空を見上げる。

ボチャン！

一瞬、何が起きたのかは分からなかった。次の瞬間、気づいた事は、自分が今ブルーテクスに落ちてしまったという事だった。さっき立っていた地面が、湖の水でやわらかくなっていて、トゥークの重さにたえられなかったのだ。

トゥークはパニックになる。

頭が落ち着けと言っているのに、体が聞こうとしない。トゥークは泳げない。飛べないうえに、泳ぐ事すらできないのだ。トゥークが苦しそうにもがく。口を開けてしまったのだ。空気が——大切な空気がなくなってゆく——。

(もう死んじゃうのかな。皆の前で一度はカサを使わないで飛びたかったな。ダンにちゃんと謝ってもらって、アズにも会いたかったな。ウェンも——ウェンも苦しかったのかな)

「死」の恐怖がトゥークをおそう。水の中だから分からないけど、トゥークの目から涙が出た。太陽の光がどんどん見えなくなってきている。

（母さん、ごめんね。本当は、僕、飛べないんだ。ルキ、それ以上生意気になるなよ。それから、それから……）

トゥークが叫ぼうとする。だが、口の中から出てくるのは泡だけ。水がどんどん口の中に、トゥークの体へと入ってゆく。

（ごめんね……皆）

トゥークが目を閉じようとした瞬間、誰か、女の子のペンギンの姿が見えた。どこかなつかしい。誰だろうか——。

トゥークは温かい光に包まれた。

（もうダメかな）

トゥークは、目を閉じた。

少女の霊

「トゥーク！　トゥーク、トゥーク！」

何人もの声が、トゥークの名前を呼び続ける。

「トゥーク！　トゥーク！」

トゥークはゆっくりと目を開いた。目の前には心配そうにトゥークを見ているお母さん、涙目でお母さんにしがみつくルキ、アズ、ドーマン先生、ナル、そして、トゥークの知り合いが何人かいる。あれ、どうしてナルが？

トゥークはゲホッ、ゲホッと、水を何回もはきだした。

「あれ、僕今、水の中にいたんじゃ……？」

「いいえ。知らないうちに湖から自分で出てたんでしょ。生きているものは皆死ぬ寸前に生きようとするのよ」

「でも、僕泳げないいんだよ？」

「私たちが来た時、お兄ちゃん、もう水から出てたよ」

ルキがきょとんとして言った。

（じゃあ、あれは、ウェン？）

「トゥーク……」

お母さんがトゥークを優しくだきしめる。お母さんのにおいだ、久しぶりのお母さんのにおい。トゥークが温かいお母さんの胸に顔をうずめた。

「母さん……」

ルキもトゥークの手をぎゅっとにぎる。とても温かい。それでトゥークは思い出した。光。湖の中で一瞬包まれたあの温かい光。あのなつかしい感じの、少女。トゥークを助けてくれたのは、ウェンなのかもしれない。二年前自殺してしまった、ウェンの幽霊。トゥークは湖の中での様子を思い出そうと、湖の方を見た。

するとポチャン、ポチャンと、かすかな音がし、そこにはウェンが一人、淋しそうに立っている。ずぶぬれの体から滴《しずく》がポタポタと落ちている。

「ウェン！」

トゥークが叫んだ。ウェンがニコッと笑う。

「バイバイ、トゥーク」

まるで消えそうな声でそう言った後、ウェンは消えてしまった。

「誰だよ、〝ウェン〟って」

アズがトゥークに聞く。トゥークのお母さんがトゥークの目をじっと見た。

「あなた、〝ウェン〟って二年前に死んだ子でしょ。頭がおかしくなっちゃったの?」

アズがトゥークを見る。

トゥークはお母さんに心配をかけないため、言った。

「ううん。大丈夫。何でもないよ、母さん」

トゥークは、ウェンがさっきいた湖を見た。

「ありがとう、ウェン」

トル湖で

トゥークが家の鍵を持ちながらトボトボ一人で歩く。

アズは心配して、「一緒に行くよ」と言ってくれたが、トゥークはそれを断った。悲しみがこみあげて、泣いてしまいそうな気がしたから。皆に、もうこれ以上心配はかけられない。あの青いカサも、湖に落ちた時、沈んでしまったのだろう。もうトゥークに希望は残っていない。

飛べないんだ。もう、二度と飛べないんだ。

トゥークはトル湖に来た。

青いカサを見つけてから、トル湖はトゥークの安らぎの場所となっていた。青空と太陽が映って、キラキラかがやく湖の美しい景色。その景色はまるでトゥークの心をいやすように、嫌な事をすべて洗い流してくれるようだ。トゥークは湖の方に一歩一歩、ゆっくりと近づき、横になる。少しウトウトしていたのでトゥークは目を閉じ、知らない間に眠ってしまった。

トゥークが目を覚ました時は、もう夕方だった。真っ赤な太陽がトル湖を赤く染める。トゥークは目をこすり、大きなあくびをする。そして立とうとした時、トゥークは自分の横に座っていたものを見て、声が出なくなった。

海の底のような色の羽、どの黒よりも深い色の目、太陽より黄色く、針よりもとがっているくちばし。そして、風に吹かれて右へ左へとゆれる長い羽。アルキナ様だ。

温かそうなお腹あたりの羽の中にうずもれていた顔がゆっくりと上がり、アルキナ様はトゥークの方をじっと見る。

「ア、ア、ア、アルキナ様！」

トゥークがきんちょうした声を出す。アルキナ様がトゥークの方を見て、悲しく答えた。

「残念ながら私は本物ではありません。幽霊ですよ。つかれているので少し羽を休めてるだけです」

「えっ……？」

トゥークがとまどう。そういえば、歴史の教科書で読んだ事がある。アルキナ様はペンギンに飛び方を教えてから間もなく、美しい羽のため、人間に殺されてしまったのだ。

「分かってますよ。カサ……友達に破られてしまったのですね。ひどい事だ」

トゥークが黙る。アルキナ様がプッンという音をたて、自分の羽を一枚ぬいた。

羽がフワリフワリと、トゥークの手の中に落ちてゆく。

「私からのプレゼントですよ。飛べるようになる、お守りですよ」

トゥークの顔がパッと明るくなる。

太陽がしずんでゆく。

キチチチチ、キチチチチ、木の上で鳥が鳴く。「夜が始まる」という合図だ。トゥルコの夕ぐれはとても短い。

「あっあの、ありがとうござ……」

トゥークがアルキナ様のいた方にふりむく。だが、もうそこには誰もいなかった。

まるで消えたかのように。

トゥークは急いで家に向かった。とても軽いステップで、ハミングしながら。

「いいんですか、アルキナ様」

少女がアルキナ様に聞く。

「大丈夫だよ。これはとても簡単なテストだから」

ヒキサカレタココロ

「ア〜ズっ！」

「うわっ！」

トゥークがアズの上にズシンと飛び乗る。アズがトゥークの方を見る。

「トゥーク！　良かった……もう来ないかと思ったよ……」

トゥークが昨日のブラックヒルでの出来事を思い出す。トゥークがニコッと笑う。

「見せたいものがあるんだ〜」

トゥークが布で大切に包んである、昨日、アルキナ様にもらった羽をバッグから出した。

「これ、アルキナ様の羽だ！」

やはり、アズはすぐに分かった。「アルキナ様」と聞いて、二人の周りにいるペンギン達が皆、トゥークに注目する。二人は急いで木の後ろにかくれる。

トゥークは小さい声で、昨日起きた出来事をすべて話した。アズは興味深そうにトゥークの話を最後まで聞いてくれた。

「つまり、今日のテストは自信があるんだな？」

「うん！」

トゥークが自信満々に答える。

「それはいいけど……」

アズはいきなり暗くなる。

「ダンとか……ナルとかイエにも絶対に気づかれるなよ」

そう、あの事件が起きたのも昨日。トゥークはうなずく。

「あ、でも……」

でも、ナルは違うんじゃないかな。だって、ナルは僕のこと、少し心配してくれていたんだと思う。

そう言いかけたが、トゥークはそれを言うのをやめた。アズにこう言われるに違いない。ハァ、お前何言ってんだよ、と。

トゥークは、

「何でもないよ」

と言い、首を横にふった。

三時間目。

さっき大切にしまった羽がなくなっている。どうしよう……。トゥークが、あわてて羽を探し始めた。あの羽がないと、トゥークは飛べない。

トゥークが一人教室に残り、机の下を探し始めた。スタスタと誰かの足音が聞こえてくる。

「トゥーク？」

アズだ。

「どうしたんだ？」

アズがしゃがんで聞く。

「羽が……、羽がなくなっちゃったんだ！」

アズが目を点にし、急いで一緒に羽を探し始めた。だが、十分も探したのに見つからない。二十分休みで良かった、と二人はつくづく思う。

「あら、お二人さんそろって一生懸命……宝探しでもしているつもり?」

ナルだ。彼女の声は、いつもイヤミにしか聞こえない。

「あっ、もしかして、あなた達が探してるのって、あの羽?」

トゥークが「羽」という言葉を聞いてナルの方を向く。

「ごめん。ゴミだと思って捨てちゃった」

ナルがクスッと笑う。

トゥークから希望がなくなってゆく。トゥークは手をペタンと地面におろした。

「てめェ……っ」

アズがナルのリボンをつかむ。

「ちょっと、彼みたいな、きたないひきょう者と友達やってる、あなたのきたない手でさわんないでくれるかしら?」

ナルがアズの手をはらいのける。

二人は、ナルの重たい言葉につぶされそうになった。

ジリリリリリリリリ
二十分休みが終わった。

ナルは、教室から出ていく。四時間目はドーマン先生のテストだと知っているのに、最後に「がんばってね」とナルは笑って出ていった。

トゥークはさっきからずっと口をきいていない。朝、希望でキラキラとかがやいていたトゥークの目とは、まるで違う。

トゥークはそっと立ち、羽を包んでいた布を持ち、ドーマン先生のクラスに向かった。アズも、トゥークの後をついて行った。

闇《やみ》の中の光

暗い雲が空をおおう。太陽がかくれる。昼間なのに、夜みたいに暗くなった。トゥークの心のように。

「次、スエ・アナさん」

ドーマン先生が生徒たちの名前を一人一人呼ぶ。さっき、わざと一番後ろに並んだばかりなのに、もう列の真ん中あたりに来てしまっていた。トゥークは目から止まる事なく出てくる涙を、羽が包んであった布でふく。

トゥークの前に並ぶ生徒たちが、皆トゥークを笑う。バカにした目。「情けない」「バカみたい」「ひきょう者」聞こえないように言っていても、言ってる言葉ははっきりと分かる。トゥークの心が「言葉」という針にさされる。

トゥークの前に座っているアズも、自分の怒りを一生懸命おさえた。今は授業中だし、なぐりかかったら停学になる以外、道はない。アズがナルの言葉を思い出す。

(ひきょう者は、お前らだろ)

アズが雪を丸くかためて、彼の前に座っているナルの頭にぶつけた。

ナルが怒った顔をしてふりむく。

「何よ」

「ダンはどこだよ」

「知らないわよ。さっき帰ったわ。つかれてたんじゃないの?」

ナルが雪玉をアズの顔に投げつける。アズが口の中に入った雪をペッとはきだした。トゥークがアズの顔から雪をはらう。

「ああ、きたない、きたない。ひきょう者同士で」

トゥークが黙る。誰かがクスッと笑った。アズの顔が真っ赤になる。怒りの赤。リンゴの赤。

「てめェっ……」

アズが雪をつかんだ。それをナルに投げようとする。

「次、ナル・エイナさん」

ナルがスッと立ち上がり、ドーマン先生の方に向かう。最後に聞こえた「がんばりなさいね」は気のせいだったのだろうか。イヤミに聞こえなかった。

ナルは94点。アズは87点。そしていよいよ、トゥークの番が来た。

目の前に広がる氷。後ろにいる何人もの生徒たち。横にいるドーマン先生。そしてトゥークの手の中にある、なぜか温かいぬくもりのあるアルキナ様の羽が包んであった布。トゥークは一歩、そしてまた一歩、湖に近づく。布をぐっとにぎりしめながら。アルキナ様とウェンがすぐそこにいるような気がする。

そうだ。二人が見守ってくれているんだ。

目を閉じて布をにぎりしめて、トゥークは跳んだ。空の高い所で、トゥークは翼が生えたように感じた。今、一瞬のように感じたけれど、空を飛んでいたのだ。

皆、黙る。ドーマン先生の言葉を待った。

「……トゥーク・オイス、１００点」

トゥークとアズが「ヤッホー！」と叫び、跳びはねた。

クラスの皆もいっせいに拍手を始める。ナルも、「よくできました」という顔をしながら一緒になり、拍手をし始めた。

カサも持っていない。アルキナ様の羽もない。

僕、本当に飛べたんだ。ちゃんと自分の力で。


学校がこんなに短かったのは初めてだ。トゥークが学校の帰り道、アズと一緒に話していると、ナルが走ってきた。

「トゥーク、はい、これ」

ナルが息を切らしながら、トゥークにアルキナ様の羽をわたした。

トゥークとアズがおどろいた目でナルを見る。

「捨てたってのは、うそよ。……今まであんたにしてきたこと、本当に悪いと思う。今頃おそいかもしんないけど……」

ナルがトゥークから目をそらした。

「本当、ごめんなさい。ただ、トゥークには、ちゃんと飛んでほしかった。アルキナ様も、それを望んでいた」

トゥークの頭がついていけない。今、何が起こった？　ナルが、どうしたって？　アルキナ様が、何だって？　アズも眉をしかめている。

「はい」

ナルがトゥークに手紙を差し出した。

「へ？」

トゥークが更に混乱する。手紙？　誰からの？

「アルキナ様と一緒にいた女の子から」

「ちゃんと飛べた時、気持ち良かったでしょ？」

ナルが飛んで行った。トゥークは手紙をひろげた――。

トゥークへ。

あなたの心は、「飛べない」という闇に包まれていました。あの羽が「飛べるようになるお守り」というのはうそです。ごめんなさい。でもあなたが飛べた理由はあなた自身にあります。その「闇」を射《い》った「希望」です。それとあなたの「あきらめなかった心」。私は、あきらめてしまったけれど、トゥークには、私みたいになってほしくなかった。あなたには、無限の力もあるし、支えてくれる人もたくさんいます。ただ、私にはそれが見えなかった。

だから、トゥーク。決して後ろをふり向かないで。前を見て。

これからもあなたを見守っています。私とアルキナ様で。

トゥークが一番最後に書いてあった名前をゆっくりと読んだ。「ウェン」。手紙の最後には、そう書いてあったのだ。

風がビューッと吹き、手紙が風にとばされた。羽と一緒に。トゥークはそれをつかむために飛んだ。風がまた吹く。今度は、さっきより優しく。その風はトゥークの頭を優しくなでるように吹いた。

トゥークの前に、ウェンが立っている。幻だ。でも違うかもしれない。トゥークの頭をなでながら、ニコニコ笑っている。

何分経っただろうか。何時間にも思えた。でもウェンは、次に風が吹いた時には消えていた。

「トゥーク?」

アズがトゥークの顔をのぞきこんだ。

「どうしたんだ?」

「あ、ううん。何でもないよ」

トゥークは優しい笑顔で答えた。

またもや風がビューッと吹く。トゥークは羽を手の中でしっかりにぎると、手をパッとはなした。アルキナ様の羽が空高く飛んでゆく。

「トゥーク！　お前何やってんだ!?　羽が……」

「いいんだ」

「え?」

トゥークは目をつぶった。

(ウェン——僕、約束するよ。決して光を見失わない。自分で探すよ、喜び。つくるよ、希望。だから、もう羽はいらない。自分で、自分の力だけで飛びたいから。

ウェンもそれを望んでいるんでしょう?)

「トゥーク、ボーッとすんな」

「え、あ、うん」

トゥークとアズは合図をすると、飛んだ。

真っ青の空がもう、紅色に染まり始めていた。

新しい夜。僕は、もう怖くはないよ。

あとがき

おもしろくって、泣けて、主人公と一緒の気持ちになれる小説。誰かの道をパッと照らしてくれる光のような小説。そういう小説にずっとあこがれていました。

この小説の中でトゥークが乗り越えなくてはいけない問題は、私達が日常生活の中で向き合っている問題と似ているようにも思えます。

急に話をとばしますが、私は笑うのが大好きです。

「おまえバカか?」と言われても笑っているし、「うるさい」と言われても絶え

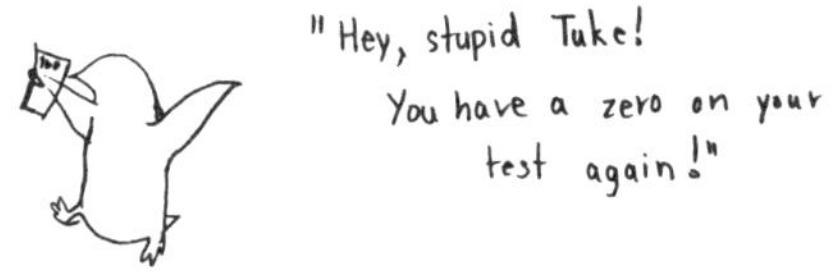
"Hey, stupid Tuke!
You have a zero on your
test again!"

ず笑い続けています。先生に怒られた後も、笑って悲しみを吹き飛ばしています。バカだと思う人もいるかもしれません。でもそれが私の性格だし、何より私は笑えるというのは、すごく大切ですばらしいことだと思うのです。

　アメリカにいる時は無理に笑う必要はなかったけれど、日本に帰国してから、たくさん辛いことがあって、それでよけいに無理に笑うようになり、そのうち、心から笑うようになったのかもしれません。常に笑うようにしたのです、その方が楽しいから。

　誰かと一緒に笑えて、誰かと一緒に泣けて、誰かと一緒にいることができれば、それ以上に幸せなことはないと私は思っています。

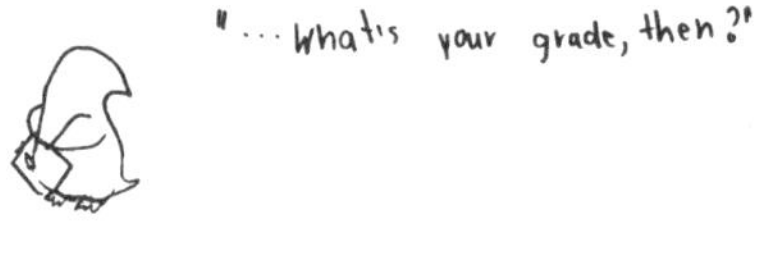
"...What's your grade, then?"

最後に、この本を出すまでに私を支えてくれた皆さん、パパ、ママ、たくさんの友達、これまでアメリカでお世話になり、私を温かく見守ってくれた先生方に、感謝の気持ちでいっぱいです。言葉で表せない感謝の気持ちでいっぱいです。

たくさんたくさんのありがとう。

二〇〇三年十月

丸山理佳子

著者プロフィール

丸山　理佳子（まるやま　りかこ）

1991年、千葉県生まれ。

1994年、父親の転勤に伴い渡米。

2002年、現地校Anna C. Scott Elementary Schoolを卒業。

2003年３月、Leonia Middle School在学中に帰国。現在、中学１年生。

トゥーク・オイスの青いカサ

2004年１月15日　初版第１刷発行

著　者　丸山 理佳子
発行者　瓜谷 綱延
発行所　株式会社文芸社
〒160-0022　東京都新宿区新宿１－10－１
電話　03-5369-3060（編集）
03-5369-2299（販売）

印刷所　図書印刷株式会社

ISBN4-8355-6818-4 C0093